DETETIVE **CS** PARTICULAR

O baú de
CHRISTA

MARINA
SANDOVAL

CAPA E DIAGRAMAÇÃO:
GABY FIRMO DE FREITAS
PREPARAÇÃO E REVISÃO:
Laís D'Andréa Kari

Dados Internacionais da Catalogação (CIP)

B869.3
S218c

Sandoval, Marina, 1983-

C.S. Detetive Particular: o baú de Christa / Marina Sandoval. – São Paulo: Editora do Autor, 2019.

89 p.

ISBN: 978-85-93707-56-8.

1.   Ficção brasileira. I. Título.

Ficha catalográfica elaborada por
Eliane Maricá Soares (CRB 5876/7)

supermaryn@gmail.com

@marinacostantin

Para meus pais, Cássia, tia Corália, Marli, Sandy e Roberta.

Sumário

CAPÍTULO 1

Ele tinha acabado de virar um detetive particular. Estava entrando no seu escritório pela primeira vez. Na porta de vidro, havia as letras C.S., eram as iniciais do seu nome, Carlos Stanley. Ao abri-la, ouvia-se o ranger da madeira, o ambiente cheirava a mofo e a luz do sol mostrava a poeira pairando no ar. Ele estava imóvel, olhando pela janela, perdido em pensamentos, quando uma mulher entrou. Não se lembrava de ter contratado uma secretária, principalmente uma que se parecia com a Barbie. A voz da mulher era aguda e se parecia mais com um desenho animado do que com a voz de uma mulher de verdade. "Desculpe, eu não me lembro de você.", ele disse.

"É claro que você não se lembra, seu bobinho. A agência me mandou."

Ah! Sim, ele tinha pedido para uma agência cuidar disso, mas não pensava que eles contratariam alguém sem nem falar com ele. Era a primeira vez que teria alguém trabalhando para ele. Carlos era um sujeito quieto, e ela parecia entusiasmada demais, o que o deixou um tanto incomodado.

"Você deve estar muito feliz por ter um escritório todo seu. E já tem um caso!"

Caso? Que caso? Do que a Penélope Charmosa estava falando? "Eu ainda não fui chamado para nenhum serviço."

"Claro que foi, bobinho! Aqui está."

Ela esticou o braço, entregando-lhe uma pasta.

"Como é que você arrumou isso? Hoje não é seu primeiro dia de trabalho?" Hoje era o primeiro dia de trabalho dele!

"Acontece que eu cheguei aqui antes de você, queria chegar cedo para causar boa impressão e encontrei essa pasta na frente da porta. Decidi pegar porque parecia importante, mas aí você demorou tanto que eu decidi ir tomar um café e como tinha colocado a pasta na bolsa ela acabou ficando comigo. Espero que o senhor não fique bravo, eu fiz com as melhores intenções. Juro que não faço nunca mais se o senhor não quiser que eu mexa nas suas coisas é só dizer que eu nunca, nunca, nunca mais vou fazer isso..."

Carlos se perguntou quanto fôlego ela deveria ter para falar tanto de uma só vez.

"Tudo bem!" Ele a interrompeu, pois parecia que, se não o fizesse, ela não pararia nunca mais, e a sua voz era... Como ouvir um passarinho ser estrangulado.

"Pode ir agora… Vai… Faça o que as secretárias fazem."

Ela saiu da sala, e ele se sentou na sua poltrona de couro. Isso poderia parecer elegante, mas não era. Ele havia encontrado a poltrona perto do lixo e achou que ia ser uma boa economia. A peça realizava muito bem a sua função, mas seu couro estava velho e tinha alguns buracos. Ele gostava de cada furo, pois cada um representava uma história, e isso o fascinava.

Leu os papéis que estavam dentro da pasta. A Barbie estava certa, era um caso. *Estranho.* Não havia muitos detalhes do serviço. A pessoa só solicitava que ele a encontrasse em uma cidadezinha que ficava a alguns quilômetros dali. A reunião seria no dia seguinte, no final da tarde.

CAPÍTULO 2

Carlos chegou à cidade do encontro no seu fusca preto. O lugar se chamava Vale do Rubi e tinha uma arquitetura antiga que o agradou. Dentro da pasta, havia um mapa de como chegar ao local do encontro. Depois de passar por alguns quarteirões e por ruas estreitas, ele chegou a uma bela casa. Os muros eram cobertos por plantas e flores.

Só quando Carlos estava para bater na porta ele viu uma placa pendurada entre as flores: nela estava escrito *Ilha dos Cisnes*. Nesse momento a porta se abriu, ele se desculpou sem saber o porquê e se apresentou.

A mulher à sua frente chamava-se Christa Caligari. Seus cabelos eram pretos como a noite, e seus olhos eram brilhantes e verdes.

Ele entrou na casa; era iluminada, as paredes eram feitas de tijolos brancos, e cortinas azuladas davam um ar de inocência para aquele lugar.

"Imagino que você esperava um tapete vermelho e um lustre de cristal.", Disse a mulher.

"Não! Eu... Eu não esperava nada. Deveria?"

"Eu achei que você iria pesquisar sobre mim."

"Não tive tempo para isso."

Ela pediu que ele a acompanhasse até o seu escritório. Carlos se impressionou com os móveis: eram todos de madeira e pareciam custar uma fortuna.

"Vou ser direta com você. Tentaram me matar. Eu escapei. Como você pode ver."

"E o que a polícia está fazendo a respeito? Você falou com a polícia, não é? Por que contratar um detetive particular?"

"Você faz muitas perguntas. Como um verdadeiro detetive. A polícia tem muito interesse no meu local quando quer se divertir, mas a velocidade com que eles trabalham não é compatível com o meu interesse em ficar viva."

"Como foi a tentativa?"

"Eu estava no balcão do meu quarto. Alguém me empurrou e, para a minha sorte, meu vestido prendeu em um galho."

"Alguém inspecionou o seu quarto depois do acidente? O que encontraram?"

"Acidente? Acidente é quando você tropeça e cai. A polícia olhou tudo, não acharam nada."

"E como você acha que a pessoa poderia ter saído sem que ninguém a visse?"

"Todas as meninas dormiam. Ela pode ter saído pela porta dos fundos."

"Por que a senhora quis me contratar?"

"Eu já falei, não confio na polícia."

"Não, eu quis dizer, por que EU?"

Pela primeira vez, ela parecia desconfortável e sem saber o que dizer.

"Eu li que o senhor é muito bom no que faz."

"Onde? Não faz nem um mês que coloquei anúncios e só

9

ontem que..."

"Eu vou pagar bem, se é isso que o preocupa. Agora você precisa ir. Eu tenho coisas para fazer."

Ela se levantou, e ele, desconcertado, fez o mesmo. Quando chegaram à porta de entrada ela falou:

"Você vai ter que ficar na cidade para resolver o meu problema. Eu já lhe arrumei um quarto no hotel Altar. Pode comer o que quiser. Tudo vai para a minha conta."

"Mas... Eu não posso..."

"Muito obrigada, senhor Stanley. Até logo."

Ela fechou a porta na cara do rapaz, que chegou a levantar a mão para tocar a campainha, mas desistiu, não queria falar com aquela mulher de novo. Foi até o seu fusca pensando que o mundo era cheio de malucos, e aquela era a rainha do hospício. Entrou no carro sem saber o que fazer; voltar para casa significaria perder o caso, e ele precisava do dinheiro. Lembrou-se da sua geladeira vazia. Mas aquela mulher nem falou quanto pagaria pelo serviço!

Depois de um tempo rodando em pensamentos, Carlos adormeceu no seu fusca, sem decidir o que iria fazer.

CAPÍTULO 3

Carlos corre em uma rua sem fim. No céu, uma lua maior do que o normal ilumina a noite. De repente está nas nuvens em cima de um pedaço de madeira, há um baú aos seus pés; é decorado com desenhos em metal. No centro da caixa, há um besouro dentro de um círculo. Quando ele tenta alcançá-la, ela cai no vazio, e ele a segue. Agora ele está no chão e vê uma chave; é de ferro, do tamanho da sua mão. Abaixa-se para pegá-la, mas a chave não está mais ali. Olha para o céu, está amanhecendo e uma luz esverdeada sai de dentro das nuvens. Sente que alguém está nas suas costas, pode sentir sua respiração; cria coragem e se volta.

Carlos acordou dentro do seu fusca gritando. Estava suando e sente as veias do seu pescoço pulsarem. Já estava de noite. Como era possível? Será que dormiu tanto? Ouviu seu estômago roncar e decidiu ir até o hotel. Ainda não sabia se queria aquele caso, mas com certeza queria comer de graça.

O hotel era normal, nem muito chique, nem muito acabado. A

recepcionista já sabia quem ele era, antes que ele dissesse seu nome. Ela se parecia com a sua secretária, aliás, ele tinha que ligar para saber se estava tudo bem no escritório. A moça lhe deu a chave do quarto, e ele perguntou onde podia comer algo. "O senhor pode pedir o serviço de quarto ou pode comer no salão. É só descer as escadas." Foi então que Carlos viu: ao lado da recepção, havia uma escada que ia para baixo, achou curioso. Agradeceu a moça e desceu sem ir até o quarto, afinal não havia nenhuma mala para guardar.

Deparou-se com uma cortina de veludo vermelha, entrou e se sentiu como um peixe em um aquário. Todos os olhos se viraram para ele. Para um hotel tão pequeno, e uma cidade que não parecia turística, o salão estava bem cheio. Foi direto para o balcão, e o garçom também sabia quem ele era. Aquilo começava a lhe dar nos nervos. Pediu o prato do dia: era arroz branco com ervilhas ao vapor, um molho branco que devia ser de nata, queijos e uma porção de salmão grelhado recoberto com ervas finas frescas. Nunca tinha comido algo tão bonito. Acabou em poucos minutos, tomou uma cerveja e olhou em volta; algumas pessoas, de vez em quando, esticavam o olhar na sua direção. Agora que tinha o estômago cheio, podia pensar melhor, e o que ele mais queria era sair daquele salão. Não estava com sono, sentia-se inquieto por causa do pesadelo, não queria dormir de novo. Resolveu dar uma volta pela cidade.

Tudo estava deserto, e não era tão tarde para não ter ninguém na rua. Olhou no relógio, marcava 17 horas. Foi então que percebeu que o seu relógio tinha parado. Continuou andando, até que viu um local: parecia um bar de estilo inglês. As luzes estavam acesas, era para lá mesmo que ele iria.

Lá dentro havia poucas pessoas, bem diferente do salão do hotel. O lugar era iluminado por velas, e as poucas luzes eram bem fracas. Pelo menos ninguém o encarou como se ele fosse um extraterrestre. A moça atrás do balcão tinha os cabelos compridos e pretos, parecia ser uma pessoa normal, estava cansado de gente esquisita.

Assim que ele se sentou no balcão, ela sorriu, e Carlos entendeu que ela também sabia quem ele era. "Parece que eu sou famoso por aqui."

"Nunca vem ninguém aqui, as pessoas estão curiosas, só isso."

"Não é só isso. Todos sabem quem eu sou, sabem meu nome e devem saber o que eu estou fazendo aqui."

"Isso é culpa da sua chefa. Depois que ela decidiu contratar um detetive, em menos de uma hora toda a cidade sabia de tudo."

"Você a conhece?"

"Todos conhecem."

"Tem ideia de quem pode querer matá-la?"

A moça deu risada e depois falou, ainda rindo: "Não."

"Não entendi o que tem de engraçado."

"Só não consigo imaginar ninguém mais capaz de defender o próprio território do que ela."

"Território?"

"Você vai beber algo ou veio aqui só para me fazer perguntas?"

"O que você me oferece?"

"Temos cerveja e... Álcool etílico. Qual você vai querer?"

"Cerveja."

Ela o serviu, e ele perguntou como se chamava.

"Brianna."

Enquanto bebia, notou que algumas pessoas subiam as escadas que ficavam no fundo do local.

"O que tem lá em cima?"

"Quartos."

"Aqui também é um hotel?"

"Você pode chamar assim se quiser."

"Tem um quarto sobrando?"

"Ela não vai deixar você se hospedar aqui."

"Por quê?"

Ela pensou um pouco antes de responder: "Porque o hotel em que você está é muito melhor e mais confortável."

"O dono desse lugar não ia ficar feliz em saber que você fala que a concorrência é melhor."

"Eu sou a dona desse lugar."

Vendo a surpresa dele, ela continuou. "Era do meu pai, eu herdei."

Ela foi atender outras mesas e enquanto isso Carlos começou a desenhar em um guardanapo que estava por ali. Quando Brianna voltou, viu o seu desenho, era o besouro do seu sonho. "Onde você viu isso?"

Ele levou um susto, não havia reparado que ela tinha voltado. "Em lugar nenhum, só um sonho que eu tive."

"Como foi?"

"Como foi o quê?"

"O sonho."

"Você interpreta sonhos?"

"Não precisa me contar."

"Estava brincando."

Ele contou o que se lembrava. De alguns detalhes já tinha esquecido. Quando acabou, o rosto de Brianna estava sério, e ele teve a impressão de que todos do local pararam para escutar. "É só um sonho!"

"Claro..."

Ele terminou de beber sua cerveja, perguntou quanto devia, pagou e foi embora. Quando estava atravessando a rua, ouviu a voz de Brianna chamando-o. Ela correu até ele. "Você parece uma pessoa boa, então vou te dar um conselho: vá embora enquanto você ainda pode. Eu não sei quais são os planos dela para você, mas com certeza não é coisa boa. Vá embora!"

Ele ia responder algo, mas ela virou as costas e voltou para o pub.

Carlos demorou um pouco para se mexer, aquele lugar parecia surreal. Voltou para o hotel com passos pequenos e lentos, no fundo não tinha tanta vontade de chegar. Ficou pensando no que a moça tinha falado. Uma parte dele lhe dizia que talvez fosse melhor seguir o seu conselho, mas outra parte estava curiosa demais para deixar tudo para trás, e ele sabia qual iria ganhar.

CAPÍTULO 4

Carlos estava sentado na cama do hotel ligando para o seu escritório pela terceira vez e pensando na secretária eficiente que ele tinha arrumado. O sol passava pela cortina branca, parecia que fazia um belo dia. Alguém bateu na porta, era o café da manhã. Tinha decidido usufruir da mordomia e não sentia vontade de entrar naquele salão de novo. O café da manhã era generoso, mas, ao levantar a xícara de café para levá-la a boca, lembrou-se de Brianna e lhe veio uma dúvida: "será que deveria comer aquela comida?" Se bem que havia jantado no restaurante e nada aconteceu... Balançou a cabeça como se isso fosse fazer o pensamento sumir e tomou seu café. Estava ficando paranoico, era melhor se controlar. Comeu tudo, tomou um banho, vestiu-se e... E agora? Era uma boa pergunta. Christa não tinha dado muita informação sobre o caso, aliás não havia falado nada. Então era isso que ele ia fazer: se tivesse decidido pegar aquele caso, deveria ter uma conversa com aquela mulher e obter mais detalhes sobre o ocorrido.

O hotel não era longe da casa de Christa, na verdade a cidade era tão pequena que tudo era perto. Por isso ele foi a pé. Quando estava se aproximando, viu que alguém cuidava do jardim. Era uma moça loira, estava agachada no meio das flores com a cabeça baixa, vestia uma camisola branca, quase transparente, o que atraiu a atenção de Carlos. Ele a observou por um tempo, sorrindo internamente, mas, quando ela levantou o rosto, ele congelou: era sua secretária! A moça o viu e saiu correndo para trás da casa; ele foi atrás dela, mas topou com Christa.

"Isso não são modos de entrar na casa dos outros."

"Aquela moça que cuidava do jardim, onde ela está?"

"Susan?"

"Não, o seu nome é..." *Nunca perguntei seu nome. Idiota.* "Ela é minha secretária, o que ela está fazendo aqui eu não sei, mas gostaria de saber."

"Isso não está fazendo sentido. Susan é uma das minhas meninas e, cá entre nós, não acho que daria uma boa secretária, é um desastre com a matemática."

"Eu quero falar com aquela garota e não estou brincando."

Christa percebeu que era melhor fazer o que ele estava pedindo. "Tudo bem, não precisa ficar nervoso. Entre e se acalme, que eu a chamo."

Carlos andava de um lado para outro, sua boca estava seca e ele suava. Christa voltou com uma moça, era bem parecida com aquela que estava cuidando do jardim. Usava um robe de seda branca por cima da camisola, mas não era a sua secretária. Ele a analisou. "Não, não é ela."

"Susan, você estava cuidando do jardim?"

"Sim, me desculpe se saí correndo. Mas eu estava de camisola, e a senhora Caligari não iria gostar se eu me apresentasse vestida daquele jeito."

"Eu dou muita importância às aparências, senhor Stanley." Disse Christa e logo depois dispensou a garota. Carlos não ficou convencido, mas, pensando melhor, ele não tinha dado muita atenção a sua secretária nem perguntado o seu nome. Poderia estar enganado.

"Posso dizer que o senhor não tem uma boa memória para fisionomias, senhor Stanley." Ele não respondeu, pois estava fazendo força para se lembrar do rosto da sua secretária. "Posso perguntar o que o senhor está fazendo aqui a esta hora da manhã? Que eu me lembre, nós não marcamos uma reunião." Carlos voltou a si e foi direto ao ponto. "Eu decidi aceitar o caso."

Christa soltou uma risada, o que fez Carlos ficar mais bravo do que já estava. "Senhor Stanley, você não precisava vir até aqui para me dizer algo tão óbvio."

"Eu não disse que aceitava..."

"Bom, o senhor está dormindo no hotel que eu estou pagando, comendo a comida que eu estou pagando. Se o senhor não pegasse o caso, não seria muito profissional da sua parte."

Carlos sentiu como se ela fosse informada de cada passo que ele dava, e, mais uma vez, o aviso de Brianna voltou a sua mente. Ele se sentou, pois as pernas bambearam; Christa fez o mesmo.

"Já que eu estou no caso, preciso saber mais detalhes, senão, não sei por onde começar, e também devemos discutir quanto a senhora vai me pagar."

"Não se preocupe, eu vou pagar muito bem. Por onde o senhor pode começar? Essa é uma boa pergunta. Eu queria esperar um pouco, mas, já que o senhor está aqui... Existe uma pequena casa, no bosque. O senhor já reparou que a cidade é cercada por um bosque?"

"Sim, mas..."

"Então, o senhor precisa achar uma pequena casa que fica no bosque, tenho certeza de que irá encontrar... alguma coisa útil para o caso."

"Quando eu falei que preciso saber por onde começar, não quis dizer que a senhora deve me mandar para algum lugar. Preciso saber quem são seus inimigos, amigos. Quero interrogar todas as suas funcionárias... O que essa casa no bosque tem a ver com a senhora ou com o possível assassino?"

"Lembre-se de que o senhor trabalha PARA mim, não é seu trabalho me interrogar. É assim que será o seu trabalho, você fará o que eu digo e pronto. Eu não quero o senhor fazendo perguntas a todos da cidade, pois tenho uma reputação e minha privacidade a zelar. Eu tenho uma ideia de quem pode ter tentado me matar e eu preciso que o senhor siga as minhas instruções, não vejo como um trabalho poderia ser mais fácil do que esse. E no final, quando tudo acabar, você pode ficar com todo o crédito, tenho certeza de que será bom para os negócios."

Carlos não podia acreditar. Esperava quase tudo daquela mulher excêntrica, mas aquela "proposta" não fazia nenhum sentido. Por um breve momento, pensou em se levantar, mandá-la para aquele lugar e ir embora daquela cidade. Mas não foi isso que fez. Ele ficou e não sabia dizer o porquê aceitou agir como um cachorro bem treinado.

"Outra coisa importante que o senhor deve saber é que eu não gosto de reuniões surpresas. Por isso não venha mais aqui sem que tenhamos marcado alguma coisa. Quando eu quiser falar com o senhor, eu vou mandar alguém do hotel avisá-lo. Ficou tudo claro, senhor Stanley?"

Naquele momento Carlos realmente queria falar algumas verdades para aquela mulher. Sentiu o sangue subir no seu rosto, mas não conseguiu dizer uma palavra, literalmente não conseguiu. Parecia que sua voz travara no meio da garganta.

Ela se levantou, e ele também o fez, como se não tivesse controle das suas ações. Ela abriu a porta, despediu-se e, quando ele caiu em si, estava parado no jardim, e a porta se fechava na sua cara.

CAPÍTULO 5

Carlos estava desnorteado, saiu andando sem direção certa. O que houve com sua voz? Por que não conseguiu mandar aquela mulher para o inferno? E aquela moça? Teve certeza de que era sua secretária, mas agora não sabia de mais nada.

Quando se deu conta, estava na frente do *pub* de Brianna. Resolveu entrar, precisava falar com alguém. O lugar estava vazio, o que não era surpreendente, visto que ainda era muito cedo. Brianna estava limpando o bar e, quando o viu, soltou uma risada irônica. "Você não é muito bom em seguir conselhos."

Carlos não respondeu. Não se sentia nada bem, e Brianna notou. "O que aconteceu com você?" Ela lhe deu uma cadeira que estava em cima da mesa e, só quando ele se sentou, percebeu como suas pernas tremiam. "Parece que sua manhã não começou muito bem... Quer beber alguma coisa? Um chá?"

"Achei que você só tinha cerveja e álcool."

Brianna sorriu e foi para trás do balcão.

"Você conhece as meninas que trabalham para Christa?"

"Algumas eu já vi por aí, mas nunca falei com nenhuma delas. Elas não saem muito de casa."

"Você conhece uma Susan?"

Brianna parou o que estava fazendo e tentou se lembrar. "Acho que o nome não me é estranho."

"Ela é loira, tem os olhos azuis, os cabelos ondulados, deve ser um pouco mais alta que você."

"Acho que eu sei quem é."

"Você sabe se ela esteve fora da cidade dois dias atrás?"

"Não sei."

Vendo a desolação de Carlos, ela continuou: "Se você quer saber sobre os movimentos de Christa, ou das suas meninas, deve falar com o motorista dela."

O rosto de Carlos se iluminou. "Qual motorista? Onde ele está?"

"Calma! Ele fica no hotel, se chama Samuel. Para tirar alguma coisa dele, é só lhe pagar algumas bebidas. Depois do terceiro copo ele vai dizer tudo o que você quiser."

"Como você sabe?"

"Antes de começar a trabalhar para ela, ele vinha aqui. Ele é o típico bêbado que gosta de falar da própria vida. Eu sei que você não é de seguir conselhos, mas vou te dar mais um mesmo assim. Não o interrogue no salão do hotel, Christa vai ficar sabendo e não vai gostar."

"Posso trazê-lo aqui?"

"Eu nunca recuso cliente."

Brianna serviu o chá e voltou a limpar o chão.

"Christa me mandou ir até uma casa que fica no bosque. Você sabe alguma coisa sobre isso também?"

"Não... mas aconselho a não ir com um chapéu vermelho."

Ele soltou uma risada abafada. "Eu estou indo para lá agora. Queria que alguém soubesse onde estou."

"Depois de quanto tempo você quer que eu chame a polícia?"

"Se até o anoitecer eu não tiver aparecido por aqui. Mande alguém atrás de mim, por favor."

Carlos bebeu o chá e perguntou quanto lhe devia.

"É por conta da casa."
Ele agradeceu e foi embora.

CAPÍTULO 6

Carlos já estava andando pelo bosque havia mais de duas horas e até aquele momento não tinha achado nenhuma casa. Aquilo era uma idiotice, aquela mulher nem tinha indicado uma direção. O que ele deveria fazer? Ficar andando a esmo até encontrar a maldita casa? Checou duas vezes se a faca que sempre levava consigo ainda estava lá presa dentro de seu coturno. Não sabia o porquê, mas não confiava na sua memória.

Já estava ficando cansado, e um sono imprevisto fez com que seus olhos fechassem sem que ele quisesse. Sentou-se debaixo de uma árvore para descansar e dormiu em seguida.

Acordou em um pântano. Fazia muito frio, tanto que sentia os ossos tremerem. Estava de noite e havia muita neblina, mal conseguia ver o que estava na sua frente. Levantou-se e olhou em torno, procurando por algo que pudesse lhe indicar um caminho. Ao longe, no meio da neblina, ele viu uma luz verde. Correu na sua direção, mas não conseguia chegar perto, parecia que a luz se afastava. Ele tropeçou em alguma coisa e caiu de cara no chão. Girou para ver o que era e, de novo, viu o baú com o desenho de um besouro. Quando esticou o braço para pegá-lo, ouviu um grito tão estridente que caiu novamente no chão, contorcendo-se como se alguém o torturasse.

Carlos acordou no chão da floresta coberto de terra e ainda se contorcia; só parou quando finalmente percebeu que tudo não passava de um sonho. "Você está bem?", falou uma voz de mulher que ele conhecia. Mas estava escuro, e ele não conseguiu ver quem era. Ela esticou a mão para ajudá-lo a se levantar; era Brianna.

Ele contou do seu sonho e logo depois perguntou o que ela estava fazendo ali. "Se você não reparou, já está de noite." Vendo a cara de paisagem do rapaz, continuou. "Você me falou que, se não aparecesse até o anoitecer, eu deveria fazer alguma coisa. Você bateu a cabeça, por acaso?"

Ele parou para pensar um momento, sim, tinha batido a cabeça, no sonho, mas sentia uma dor tremenda na boca e gosto de sangue. Colocou a mão nos lábios e viu que realmente estavam sangrando. "Como é possível? Foi no sonho que eu caí!"

"Vem, vamos sair daqui."

Eles deram poucos passos lado a lado, Brianna tinha uma lanterna na mão que falhava toda hora. De repente Carlos parou, voltou correndo, se ajoelhou no chão e começou a cavar. "Põe luz aqui."

"O que você está fazendo?"

"O baú! Era o mesmo baú."

Brianna apontou a lanterna para as mãos de Carlos, que cavavam a terra com violência, mas nem sinal do baú. Depois de um tempo, ele desistiu. "Podemos ir agora?", perguntou Brianna já impaciente.

Carlos estava para se levantar quando viu algo estranho a alguns metros de onde eles estavam. Parecia um abismo. Ele pediu a lanterna a Brianna, que lhe deu, revirando os olhos. Carlos se levantou, foi até lá, e Brianna o seguiu. Chegando mais perto, viu uma escada estreita que ia para baixo e lá embaixo, uma pequena casa de pedra. Ele foi até a escada, e Brianna segurou seu braço. "Você não quer entrar ali agora, quer?"

"Por que não? Eu vim aqui para isso. Deve ser essa a casa."

"Você pode voltar amanhã de manhã."

"Eu não vou lembrar onde está."

"Eu vou lembrar e venho com você. Agora vamos embora."

"Só quero dar uma olhada..."

Brianna deu um longo suspiro e desceu as escadas atrás dele. A casa não tinha porta, tinha um buraco retangular, que devia ter sido uma porta um dia. Eles entraram com cuidado, muitas folhas e água cobriam o chão, deixando-o escorregadio. Era um lugar minúsculo, bastava dar cinco passos para frente para atravessá-lo. "Não deve ser aqui.", falou Carlos.

"Isso não é uma casa."

"Só porque não tem o aspecto de uma casa não quer dizer que alguém não possa ter vivido aqui um dia."

Carlos foi até a parede do lado direito, e pássaros saíram voando. Ele e Brianna caíram, e os pássaros foram embora pela porta.

"Eu espero que você esteja satisfeito.", disse Brianna enquanto se levantava e limpava a calça.

"O que é isso?"

Havia algo esculpido na parede, parecia uma estátua. Carlos se aproximou; realmente era uma escultura, mas não estava na parede, estava só encostada nela. Porém, de tão suja, parecia fazer parte da casa. Carlos prendeu a respiração quando viu, na mão direita da estátua, uma chave. A mesma chave que ele tinha visto no primeiro sonho. Brianna o observava. "Melhor deixar onde está."

"Por quê? O que pode acontecer?"

"Para o seu bem, eu espero que não aconteça nada."

Carlos deu a lanterna para Brianna, precisava das duas mãos para tirar a chave. Depois de muito esforço, ele conseguiu. "Viu? Não aconteceu..." Não teve tempo de terminar a frase, pois milhões de formigas saíram dos buracos e subiam em cima deles, que correram; elas vieram atrás. Sentiam a pele queimar. Brianna deixou a lanterna cair; ela corria bem mais rápido do que Carlos e, para não perdê-lo, gritava o seu nome, com a intenção de guiá-lo. Ele não fazia ideia para onde estava indo, mas Brianna sim: corria na direção do lago. O percurso de alguns metros pareceu um caminho de quilômetros e quilômetros. Quando chegaram saltaram no lago sem pensar duas vezes.

CAPÍTULO 7

Quando Carlos e Brianna abriram a porta do *pub,* todos pararam de conversar e olharam para eles. Estavam ensopados e sujos. Ela mandou todo mundo voltar a fazer o que estava fazendo e foi para a cozinha. Carlos não sabia bem o que fazer, ela estava furiosa com ele. "Você vai ficar aí como atração da noite ou vai vir aqui?"

Ele não pôde deixar de notar a pessoa que estava atrás do balcão: era um homem muito alto e robusto, tinha a pele bem escura e o cabelo raspado, mas o que mais chamou a atenção de Carlos foram seus olhos, eram cinza como uma densa neblina, quase brancos. Enquanto Brianna pegava algumas coisas no armário, Carlos perguntou. "Quem é aquele atrás do balcão?"

"Um amigo." Com essa resposta seca, ele preferiu não perguntar mais nada.

"Desculpa... Pelas formigas. Mas eu tinha que pegar..."

"Por quê?", ela o interrompeu.

"Por que o quê?"

"Por que você tinha que pegar a chave? Quero dizer, quando você diz que precisava pegá-la, você quer dizer que, se quisesse não pegaria, mas era algo que você queria muito, ou você quer dizer que não podia se controlar, que mesmo se não quisesse pegá-la não conseguiria impedir?"

Carlos não tinha pensado sobre isso e achou esquisito que ela estivesse fazendo aquela pergunta, ele não se lembrava de ter contado a ela sobre o ocorrido na casa de Christa.

"Deixa para lá! Eu não estou brava com você porque você pegou a maldita chave, tá bom?"

Carlos ia perguntar por que então ela estava brava, mas achou melhor não falar mais nada. Ela lhe deu um pote com umas plantas dentro. "Entre em uma banheira e coloque essas ervas na água, o ardor das mordidas vai passar. Agora eu vou subir e fazer o mesmo. Com licença."

Ele saiu pela porta do fundo. Chegando ao hotel, a recepcionista o olhou como se estivesse vendo o monstro do pântano. Quando estava subindo as escadas, ele parou e disse: "Se você quer saber, eu também estou com o lábio cortado. Eu sei que você tem que fazer um relatório sobre tudo o que eu faço."

A moça não respondeu, mas pareceu bem desconcertada, e Carlos ganhou a noite. Fez o que Brianna recomendou, e o alívio foi imediato. Enquanto estava na banheira, esticou o braço para alcançar a sua calça e pegou a chave. Ficou imaginando o que aquela chave poderia abrir, depois pensou o que ele iria fazer se fosse aquilo que Christa queria. E se ela o tivesse mandado àquela casa para pegar a chave, afinal era a única coisa que havia lá dentro? Pelo menos a única coisa que ele tinha visto. Talvez devesse mentir, dizer que não encontrara nada, mas tinha a impressão de que mentir para ela não era prudente. Queria tanto descobrir o que aquela chave abria. Ele saiu da banheira e caiu na cama em um sono profundo.

Acordou com a luz do sol que entrava no quarto, procurou a chave desesperadamente e, para o seu alívio, ela estava ali do seu lado. Pensou em pedir o café, mas depois achou melhor descer e ver se conseguia conversar com o motorista de Christa. Quando foi pegar suas roupas, lembrou-se de que ainda estavam ensopadas e sujas, não tinha outras. Foi então que lhe veio à mente "Christa pensa em tudo". Foi até o armário e viu roupas limpas e novas esperando por ele.

O salão estava cheio, como na sua primeira noite. Mas desta vez ele ignorou as pessoas, pois também olhava para cada uma delas até encontrar quem queria. Sentado em um canto sozinho, Samuel era exatamente como Brianna tinha descrito. Carlos foi até ele resoluto e perguntou se podia se sentar. O homem parecia assustado, talvez ninguém nunca falasse com ele. "Está meio cheio aqui e eu achei que o senhor estava sozinho. Mas se o incomodo posso me sentar no balcão."

O homem balançou a cabeça e fez um gesto para Carlos se sentar. Carlos pensou que, se o homem fosse mudo, Brianna teria dito alguma coisa. Ele se sentou e, em seguida, um garçom veio. Quando Carlos terminou de pedir a comida, perguntou a Samuel. "Você quer algo?"

Samuel balançou a cabeça, e o garçom foi embora. Carlos percebeu que só mesmo o álcool poderia fazer aquele homem abrir a boca. Os dois ficaram em silêncio, Samuel não parecia se importar, ele estava bebendo leite e lendo um jornal. Quando o café de Carlos chegou, o garçom trouxe também um bilhete que dizia:

Bom dia,

Venha à minha casa depois de tomar seu café da manhã.

Christa
PS: Traga a chave.

Carlos não podia acreditar. Ela já sabia? Como era possível? Não tinha mostrado a ninguém. A não ser a Brianna. Não, podia confiar nela. Como sabia se podia realmente acreditar nela? O bilhete fez a sua fome desaparecer, assim como sua vontade de tirar algo de Samuel. Ele ficou dividido entre ir ao encontro de Christa ou ir ao *pub* falar com Brianna. Depois de um tempo pensando e olhando para o seu café de um jeito confuso, Samuel falou. "Tudo bem, rapaz? Parece que viu um fantasma. Más notícias?"

Carlos levou um tempo para entender que aquele homem estava falando e depois respondeu. "Não foi como eu pensei em começar meu dia... Você mora aqui no hotel?"

"Sim."

"Eu tenho que ir agora, se você quiser pode terminar meu café."

Carlos estava para se levantar, mas resolveu tentar algo. "Não conheço ninguém aqui, você gostaria de sair e me mostrar a cidade mais tarde, quem sabe beber alguma coisa, eu pago."

O homem olhou para os lados, como quem quer ter certeza de que ninguém está ouvindo, e respondeu, com a voz baixa. "Quando quiser."

Eles se despediram, e Carlos decidiu ir à casa de Christa. Pelo menos uma coisa tinha dado certo naquela manhã. Quem sabe ele não continuaria a ter sorte.

CAPÍTULO 8

Christa o recebeu com um grande sorriso, claramente estava muito satisfeita. Ela o levou até o seu escritório e não fez rodeios. "Então você conseguiu pegar a chave! Devo ser sincera, não achei que você iria conseguir tão rápido. Está com você?"

Carlos tirou a chave do bolso pensando em qual pergunta fazer primeiro, eram tantas as dúvidas que não sabia por onde começar. Ele deu a chave para ela, mas ela não a pegou. "Pode ficar com você. Eu não quero. Só queria dar uma olhada. Sabe como é a curiosidade." Mais uma dúvida entrou na lista de Carlos, porém ela continuou falando, antes que ele pudesse se pronunciar. "Isso é tudo por enquanto, só queria ter certeza. Chamo novamente quando precisar."

Carlos não tinha a menor intenção de ir embora sem ao menos obter uma resposta, mas, assim como da outra vez, ele não conseguiu falar. Sentia-se como uma criança que ainda não consegue organizar os pensamentos e por isso não consegue se expressar. Quando se deu conta, mais uma vez, encontrava-se do lado de fora da casa, com a porta se fechando no seu nariz.

Ele se considerava uma pessoa muito calma. Raramente perdia o controle, não gostava de brigas e gritarias. Um dos motivos pelos quais escolheu a carreira de detetive particular era porque podia fazer tudo sozinho, ou pelo menos quase tudo, e poucas vezes deveria lidar com situações que o obrigassem a usar força ou violência. Afinal de contas, a maioria das pessoas que contratam detetives particulares são maridos ou mulheres ciumentas. Mas Christa... Toda aquela palhaçada... Carlos saiu andando na direção do *pub* como um trem que perdeu os freios.

Abriu a porta com violência, Brianna saiu de dentro da cozinha assustada com o barulho, quando viu que era ele se acalmou. "Se você quebrar minha porta, vai ter que pagar." Ele não respondeu, tinha um olhar que soltava faísca. "O que houve?"

"Foi você, não foi? Só pode ter sido você! Fingiu querer me ajudar, mas na verdade você trabalha para aquela lunática, como todos nessa maldita cidade. Eu vou seguir o seu conselho, eu estou indo embora porque não quero olhar para a cara de nenhum de vocês, nunca mais! Mas antes queria vir aqui dizer que você é a mais desprezível de todos eles. Eu sabia que não podia confiar nos outros, mas você conseguiu me enganar."

Brianna não parecia se importar com o que estava ouvindo, continuou no mesmo lugar e não disse uma palavra, o que irritou Carlos ainda mais. "Como você consegue? Uma estátua de gelo deve ter mais sentimento que você!" Ele queria uma reação, qualquer coisa. Mas não obteve nada; aliás, ela nem parecia estar escutando o que ele dizia. Em um último acesso de raiva, ele pegou uma cadeira que estava em cima de uma das mesas e a quebrou em pedaços. A única reação que ele conseguiu de Brianna foi um levantar de sobrancelhas.

Ele saiu do *pub* com mais raiva do que tinha entrado, mas sua raiva logo se transformou em assombro. Seis homens o agarraram e colocaram um pano na sua cabeça, ele não conseguiu ver quem eram, nem de onde saíram. Debateu-se, gritou, pediu ajuda, chamou por Brianna, mas ninguém veio. Deram-lhe uma pancada na cabeça, e as vozes sumiram lentamente.

CAPÍTULO 9

Carlos acordou sentindo que sua cabeça ia abrir-se ao meio. Estava deitado em um chão frio e sujo. Havia terra na sua boca, sentou-se cuspindo e passando a mão no rosto. Encontrou uma ferida na parte de trás da cabeça, não parecia grave, mas tinha sangue. Quando conseguiu colocar os pensamentos em ordem, lembrou-se do que tinha acontecido, e a primeira coisa que lhe pareceu estranha era que não estava amarrado. Estava tudo escuro, olhando ao redor viu algo que pareciam ser estrelas. Arrastou-se até lá, havia grades, será que estava em algum tipo de prisão? Ele colocou as mãos no bolso, a chave ainda estava lá. *Mais um jogo de Christa.*

As grades tinham muito espaço entre si, o que não fazia muito sentido, pois Carlos notou que, se se espremesse um pouco, conseguiria atravessá-las. Quando colocou o pé rente à grade, escorregou e caiu para o lado de fora, agarrou-se na grade com uma das mãos e entendeu por que não se preocuparam em fazer grades estreitas. Estava no alto, não sabia dizer o quão alto. Então era melhor não arriscar, fez força para subir, mas sua mão estava cheia de terra úmida e escorregava. Procurou desesperadamente um buraco com o pé, algo em que ele pudesse se apoiar, mas não achou, nesse momento sentiu alguém nas suas costas, soltou a mão sem se dar conta e a pessoa o jogou para dentro da torre.

Carlos ficou logo em pé. Não sabia quem estava ali e não tinha vontade de ser atacado de novo. Seus olhos já tinham se acostumado com a noite, e ele distinguiu a silhueta de quem o salvou. Era uma mulher, e, mesmo sem conseguir ver o seu rosto, instintivamente sabia quem era. "O que você está fazendo aqui?" Não podia evitar, ainda estava irritado com Brianna, não confiava mais nela.

"Você é a pessoa mais mal agradecida que eu já conheci.", disse ela com a voz tranquila, como se eles estivessem no *pub* conversando.

"Não quero a sua ajuda."

"Tudo bem."

Ela se virou e estava para saltar da janela, quando ele soltou um grito. "O que você acha que está fazendo? Estamos no alto... Aliás, como você chegou aqui em cima?"

"Você não confia em mim, por que eu devo confiar em você? Não interessa como cheguei, estava disposta a te ajudar a descer, mas, já que você não quer, aproveite a estadia."

Mais uma vez ela estava para pular, e ele a parou. "Como... Se você pular, como..." Não conseguia achar a pergunta que queria fazer, pois parecia incoerência. "Quanto alto estamos?"

"Muito alto, não tente fazer o mesmo." Ela saltou, Carlos gritou e correu até as grades, olhou para baixo com o coração na garganta, mas o medo virou outra nuvem de dúvidas, lá embaixo viu uma sombra correr entre as árvores. Como? Arrependeu-se em seguida, devia ter aceitado a ajuda. Mas e se fosse exatamente isso que eles esperavam dele? Tinha certeza de que Brianna trabalhava para Christa, era a única explicação, que outro modo ela tinha para descobrir que ele pegou a chave? Voltou a se sentar no chão, sentia fome, muita fome e muita sede. Colocou a mão no bolso e pegou a chave, analisou-a por um tempo e, em um acesso de raiva, a jogou contra a parede.

Foi um instante, a chave bateu na parede e caiu, Carlos ouviu o barulho do ferro que estrilava contra o chão, e a chave escorregou até o meio da prisão. *Deve ter um ímã.* Devagar esticou o braço até a chave e, quando a pegou, sentiu algo no chão, passou a mão com cuidado e tateou um buraco pequeno. Colocou a chave no buraco e girou, ouviu um *clec* e teve certeza de que abriu alguma coisa. Quando tentou puxar a chave de volta, a porta de um alçapão se levantou.

CAPÍTULO 10

Carlos sentiu algo que queimava dentro dele, era raiva e vergonha por ser tão estúpido. Tinha mandado Brianna embora, porque pensava que era esse o plano, mas agora estava claro, o plano era ele pegar aquela maldita chave, abrir o alçapão e, sem ter nenhuma alternativa, descer as escadas.

Ficou olhando para o buraco negro por um tempo. Se pelo menos tivesse alguma coisa para iluminar o caminho... Seu estômago roncava alto, sua boca estava seca e sua cabeça pulsava de dor. Não pôde deixar de imaginar que, se tivesse aceitado a ajuda de Brianna, ele poderia estar comendo e bebendo no *pub*, mas agora ela devia estar longe, e a única coisa que ele podia fazer era seguir o evidente plano de Christa.

Entrou no buraco tateando o escuro com os pés e deixando a porta do alçapão aberta. Havia uma escada com degraus pequenos, metade do seu pé ficava para fora, e ele sentia que ali também havia terra e água. Apoiou as mãos nas paredes e foi descendo. Muitas vezes seu pé escorregou e por pouco ele não saiu rolando escada abaixo. O caminho parecia infinito, e ele se deu conta de que a torre devia ser realmente alta. Pensou em Brianna, que pulou da janela daquela forma. Provavelmente tinha algum tipo de corda presa na cintura, e ele não pôde ver porque estava escuro.

Seus pensamentos se perderam em Brianna e ele se distraiu, de repente sentiu uma dor aguda na mão direita, recolheu-a contra o peito, perdeu o equilíbrio e caiu para frente, rolando escada abaixo. A única coisa em que pensava era que devia se virar antes que batesse a cabeça em alguma coisa, para a sua sorte o lugar era estreito e bastou abrir os braços e dar um giro para que a queda parasse. Não tinha um centímetro do seu corpo que não doesse, mas tinha que sair dali, o ar começava a faltar, sentia-se claustrofóbico e sua mão doía. *Alguma coisa me picou!* Continuou descendo e finalmente sentiu o chão, deu alguns passos para frente com os braços esticados e logo encontrou uma porta. *Abre, por favor, abre!* Achou a maçaneta e girou, soltou um suspiro de alívio, a porta se abriu. Mas ele não sentiu a brisa da floresta.

Brianna entrou no *pub* batendo a porta, o mesmo homem que cuidava do bar quando ela foi ajudar Carlos na floresta estava lá atrás do balcão. Já era alta madrugada, por isso não havia mais nenhum cliente. "Onde está o seu mais novo amigo?"

Brianna lhe deu um olhar de desprezo e se sentou. "Ele não quis vir comigo.", disse ela, aborrecida.

"Posso saber de onde vem todo esse interesse?"

"Não é que me interesse tanto."

"Então devo supor que você seguiu o carro que o sequestrou, só por diversão."

"Só tentava ajudar. Talvez eu deva voltar lá, um tempo naquela torre deve fazer com que ele mude de ideia. O que você acha?"

Jamal olhou bem no olho de Brianna, ela odiava quando ele fazia isso, parecia que podia ver tudo o que se passava dentro dela.

"Você sabe muito bem o que eu acho." Brianna virou os olhos. "É melhor eu ir com você.", ele falou, com um sorriso malicioso, que ela recambiou.

CAPÍTULO 11

Carlos caminhou no escuro, estava em um túnel. *Devo estar debaixo da terra. Se for o esgoto, posso sair na rua, isso se eu não me perder aqui.* Por um momento pensou em voltar para a torre, aquele lugar não parecia promissor. Porém, pensar em ficar naquela torre esperando alguma coisa ou alguém o deixava em pânico. Continuou caminhando; em alguns lugares o túnel era muito estreito, e ele tinha que passar de lado, não sentia o cheiro comum de esgoto, mas sim de terra molhada. Depois de algum tempo, apareceram bifurcações e ele girou em vários pontos, parecia um labirinto, e não havia luz para guiá-lo. *Estou preso aqui, nunca vou conseguir voltar!* O terror se apossou de Carlos, ele queria sair daquele lugar de qualquer jeito, as lágrimas escorriam sem que ele percebesse e a garganta se fechava. Foi então que ele se lembrou da picada, sua mão doía como se alguém lhe enfiasse uma lâmina, sentiu o gosto de sangue na sua boca. *Devia ser um animal venenoso, acabou!* Carlos gritou com toda a força que conseguiu achar dentro dele, era sua última esperança, talvez alguém ouvisse, mas não apareceu ninguém.

O tempo foi passando, e ele não sabia dizer se estava sonhando ou não. Desabou no chão. Sentia o suor escorrer no seu rosto e, no meio da escuridão, viu uma luz se aproximar. Não tinha forças para gritar, só conseguia pensar que queria ser visto. *Preciso chamar sua atenção.* Seus pensamentos rodavam nessa única frase, mas seu corpo não obedecia. A pessoa usava uma capa com capuz que cobria metade do seu rosto. Aproximou-se de Carlos, ele sentiu mãos pequenas e macias levantarem o seu braço. Tentou falar algo mas não conseguiu. O rosto daquele que parecia ser um anjo foi iluminado pelo fogo da lamparina que carregava. Era uma mulher. Ela lhe aplicou uma injeção e, quando terminou, levantou o rosto, e ele a reconheceu. *Minha secretária!* Antes que suas forças voltassem para que ele pudesse se expressar, ela se levantou e desapareceu na escuridão.

Brianna e Jamal estavam parados no alto da torre, olhando para o alçapão aberto. "Desconfio que você queira entrar."

"Com certeza ele se enfiou ali.", falou Brianna, reconhecendo a chave.

"Isso eu não nego. Não entendo por que nós temos que entrar."

Brianna começou a descer as escadas sem lhe dar uma resposta. Os dois tinham lanternas e, quando entraram no labirinto, notaram as pegadas de Carlos na terra molhada. Logo se deram conta de que não estavam em um labirinto, mas sim em uma caverna. Ouviram algo que parecia o som de passos. *"Shhh"*, fez Brianna para Jamal. Eles ficaram imóveis, prestando atenção no caminho dos passos. Quando este desapareceu, eles se colocaram atrás dele.

Encontraram Carlos desmaiado. Ela o chacoalhou até que ele começou a abrir os olhos. Sua garganta estava tão seca que não conseguia falar; Brianna lhe deu água. "O que você está fazendo aqui?"

"Eu... Pensei que era a saída. Parece que me enganei."

"É, você faz muito isso."

Eles o ajudaram a se levantar. "Um inseto me picou. Eu achei que ia morrer, mas... Como ela soube?"

"Quem?"

"Minha secretária. Apareceu e me deu uma injeção."

"Sua secretária?", disse Jamal, incrédulo.

"Não, ela... Eu acho que era ela."

"Algo me diz que ela quer você vivo. Sorte sua. Vamos sair daqui.", disse Brianna.

Eles andaram um pouco, Carlos ainda cambaleava. Com a luz das lanternas, ele podia ver a caverna com certa nitidez. Em um determinado ponto, viu que em uma das paredes havia algo. Desvinculou-se dos dois e foi até ela. Era o mesmo desenho, em relevo, de um besouro. Passou a mão no desenho com cuidado. "Você ainda não aprendeu a não sair encostando em tudo que aparece no seu caminho?", perguntou Brianna.

"Você não entende. Preciso chegar ao fim disso e descobrir o que ela quer comigo." Ele tentou empurrar o besouro para dentro e funcionou, o inseto afundou na parede, e eles ouviram um barulho de engrenagem. No mesmo instante, o chão cedeu, e eles caíram na água. As lanternas pararam de funcionar, e a penumbra voltou. "Vocês estão bem?", ele gritou, assim que colocou a cabeça para fora da água. Sentiu que alguém o pegou pelo braço e o puxou para fora da água. Brianna segurou na sua mão. "Não solte e não toque em nada."

"Quem é seu amigo?"

Brianna riu. "É meu amigo."

"Tem um barco ali na frente.", disse Jamal.

"Eu não vejo nada, como você..."

"Faça o que a gente mandar, pelo menos uma vez, por favor.", disse Brianna.

Eles andaram no escuro, Brianna o ajudou a subir em uma pequena gôndola. O barco balançava. Jamal achou uma lamparina no barco e a acendeu, sua luz parecia um vaga-lume no meio daquela ampla escuridão. Brianna remava. "Vocês sabem para onde ir?", ele perguntou.

"O rio só vai nessa direção, estamos onde ele termina, e, como não podemos voltar... Sim, sabemos para onde vamos." Ele pôde ver o sorriso sarcástico de sempre de Brianna e ficou feliz por ela estar lá, mesmo que ainda tivesse dúvidas a seu respeito. Achou melhor guardar as perguntas para depois que eles saíssem daquela situação.

CAPÍTULO 12

Navegaram por um tempo interminável, até que viram uma luz verde ao longe. Ao se aproximarem, depararam com um local que parecia ter sido preparado para um ritual. Duas colunas com a ponta triangular iam até o teto da caverna, No meio das torres havia um altar redondo e, no meio deste, descansava uma esfera que emanava a luz verde.

Brianna encostou o barco. "Quem sabe há uma saída em algum lugar por ali." Ela desceu e Carlos a seguiu. Jamal os observou do barco.

"O que é isso?", disse Carlos olhando para a esfera, enquanto Brianna tateava as paredes com cuidado.

"Não sei, mas não toque em nada."

"Você não acha que é uma boa hora para você me dizer algo sobre a Christa que eu não saiba?"

"Você não vai acreditar em nada do que eu te contar."

Carlos deu uma risada. "Depois de tudo o que tem me acontecido, eu acredito em qualquer coisa."

"Christa é uma valquíria que tentou acabar com Asgard, ela foi banida e sua alma foi presa em um baú."

Carlos a encarou com um olhar de interrogação. "Eu falei que era difícil de acreditar."

"Não é isso. É que eu não tenho ideia do que você está falando, eu estava esperando algo como: ela é o diabo, ou uma vampira. Até para a mula sem cabeça eu estava preparado, mas não sei do que você está falando."

"Você precisa ler mais. As valquírias são guerreiras de Odin, tem como dever recolher a alma de heróis mortos em batalha."

"E suas meninas?"

"São suas súditas. Christa as liderava, elas a seguem para onde ela for."

A luz da esfera foi ficando mais forte, mas os dois a ignoraram.

"Você tem ideia do que ela quer comigo?"

"Não."

"Vamos embora!", falou Jamal, que ainda estava no barco.

A luz verde cegou a todos e, quando ela se apagou, Brianna havia sumido.

Carlos chamou por Brianna várias vezes, até que o punho de Jamal encontrou a sua boca. "Cala a boca!". Carlos teve o impulso de pular no seu pescoço, mas sentiu um sono incontrolável e, quando se deu conta, estava no chão, sem conseguir manter os olhos abertos. Sentiu Jamal sacudi-lo e caiu no escuro.

Ele acordou no mesmo lugar, mas Jamal não estava ali. A esfera ainda brilhava, e ele a pegou sem saber por quê. Seu coração parou ao ver que Brianna estava lá dentro. "Enquanto você não achar meu baú, ela vai ficar presa na esfera. E eu garanto que não vai demorar muito para que ela enlouqueça."

A voz era de Christa, mas Carlos não sabia dizer de onde vinha.

Jamal andava de um lado para o outro e, quando Carlos deu sinal de que estava acordando, ele o pegou pela camisa e o jogou contra a parede. "O que ela disse? Eu sei que ela te deu um sonho! O que ela falou?"

Tudo ficou claro, os sonhos, era ela. Já tinha pensado nessa possibilidade, mas achava impossível. Carlos tentou empurrar

Jamal, mas ele era forte como uma pedra. "Olha na esfera."
Lá dentro, pequena e perdida, estava Brianna. "O que ela quer?"
"Eu acho que ela quer um baú, mas eu não sei onde está!"
"Você sabe como ele é? Ela te mostrou?"
"Sim, tem um besouro, como aquele do labirinto."
"Deve estar por aqui."
"Se ela sabe onde está, por que ela mesma não pega?"
"Se é o que eu estou pensando, ela não pode tocá-lo."
"E o que você está pensando que tem dentro desse baú?"
"A sua alma."

CAPÍTULO 13

Quando Jamal começou a remar, Carlos conseguiu separar os vários pensamentos que invadiam sua mente e raciocinou. Aquele era o seu trabalho, juntar as peças e descobrir a verdade, tinha que conseguir. E, quando ele menos esperava, descobriu como eles podiam achar o baú. "Temos que achar o desenho do besouro e segui-lo. Tenho certeza de que nos guiará pelo caminho certo. O problema é enxergar alguma coisa aqui embaixo."

"Eu vejo muito bem, não se preocupe."

Por um momento Carlos quis perguntar se ele também era algum ser bizarro, mas achou melhor deixar para outra hora, não queria irritá-lo. Parecia que ele também queria salvar Brianna. Naquele momento era aquilo que importava. Carlos levou a esfera consigo e de vez em quando olhava para dentro dela. Ele via Brianna como se estivesse atrás de um vidro embaçado pelo vapor, não podia dizer qual era sua expressão, se estava sofrendo ou não.

Não vai demorar muito para ela enlouquecer. Essas palavras não saiam de dentro da sua cabeça, e aquele navegar sem rumo naquela água parada o estava deixando alucinado. "Isso não está funcionando!"

"Você tem um plano melhor, gênio?"

"Eu tenho."

Até mesmo Carlos se impressionou com a sua resposta, de improviso ele pensou no que eles poderiam fazer. "Vou mergulhar e tentar achar algo lá embaixo."

"Você não vai ver nada."

"Então vá você!"

Jamal sentiu uma fúria o invadir por ter recebido uma ordem daquele franzino, mas sabia que não tinham tempo para aquilo. Pulou na água sem dizer uma palavra, deixando Carlos mais ansioso do que nunca.

O rio era muito mais fundo do que parecia, Jamal nadou para cima e para baixo sem subir para pegar ar nenhuma vez. Carlos não se preocupou, tinha certeza de que aquele homem sabia cuidar muito bem de si mesmo. Ficou olhando para baixo, desejando que Jamal achasse alguma coisa, pois, se não encontrasse, não saberia onde procurar. *Talvez eu possa oferecer outra coisa para ela... Seu idiota, o que pode ser mais importante que a alma de alguém!* Momentos depois, Jamal veio à superfície, Carlos esticou o braço para ajudá-lo a subir no barco, mas ele não a segurou. "Você deve vir comigo, eu não posso tocar no besouro."

Ele levantou a mão, e Carlos viu uma marca de queimadura.

"Por que você não pode encostar no besouro?"

"Você só precisa saber que eu não posso." Jamal, que não era uma pessoa muito paciente, já estava perdendo a calma. "Se você não vier por bem, vou ter que ir até aí."

Carlos olhou para a esfera e sentiu seu coração diminuir. *Ele é amigo dela...* Com esse pensamento, ele colocou a esfera no bolso do casaco e mergulhou.

CAPÍTULO 14

Jamal o puxou para o fundo, Carlos se impressionou com a rapidez com que ele nadava. Em pouco tempo já começava a sentir seu corpo pedir por ar. O fundo do rio era cheio de pedras e, em cima de uma delas, lá estava o besouro, desenhado em alto relevo. Carlos só o enxergou porque emanava uma luz esverdeada. Ele empurrou o desenho esperando que algo acontecesse e não ficou decepcionado. As pedras se moveram para o lado lentamente; Carlos, porém, já não aguentava mais e subiu em desespero.

Ao colocar a cabeça para fora da água encheu os pulmões de ar, apoiou os braços no barco tossindo compulsivamente. Em seguida Jamal foi atirado para fora da água, Carlos o viu voando sobre a sua cabeça, bateu na parede e caiu na água novamente. Por instinto, Carlos subiu no barco e gritou por Jamal, mas não teve resposta.

Colocou a mão no bolso procurando pela esfera. Ainda estava lá. Então, um ser que Carlos nunca tinha visto veio à superfície com Jamal entre os braços. Era metade humano, metade réptil. Seu rosto era monstruoso, com dentes grandes e olhos negros como um abismo.

O detetive ficou paralisado, Jamal estava sendo esmagado, mas ele não conseguia se mexer. "FAZ ALGUMA COISA!" Gritou Jamal, tirando Carlos do transe.

Carlos puxou sua faca de dentro do sapato, saltou em cima do ser e enfiou a faca no seu olho. O ser soltou um grito agudo que ecoou na caverna, Jamal caiu na água e Carlos foi lançado para longe. O ser ainda se debatia pela dor, quando Jamal saltou para fora da água, arrancou a faca que ainda estava no seu olho e passou a lâmina na sua garganta. Um sangue negro escorreu pelo pescoço da fera, que tombou na água. Carlos se aproximava a nado e, ao ver o animal finalmente morto, gritou. "O que... o que era aquilo?"

"Uma Euryale. Nunca tinha visto antes.", disse Jamal. "Até que você é mais útil do que eu pensei. Vamos, o baú está lá embaixo."

Carlos respirou fundo. *Depois você faz as perguntas, agora tem que ajudar Brianna.*

Os dois mergulharam. No lugar das pedras havia uma pequena gruta, onde a água batia na cintura de Carlos; lá estava o baú. Carlos o pegou, era exatamente igual aquele do seu sonho. Tentou abri-lo, mas não tinha fechadura e nada que indicasse a abertura. Foi então que Jamal viu um rastro de luz entrar na água, prontamente empunhou a faca. "Fique aqui, eu vou ver quem está lá em cima."

"Eu acho melhor ficarmos juntos."

"Ah é? E se nós dois morrermos, quem vai salvar Brianna? Fique aqui."

Jamal foi à superfície. Carlos conseguia ver suas pernas na água. Parecia que a luta contra aquele ser horrendo os tinha aproximado, de alguma forma. Tinha a impressão de que Jamal estava falando com alguém. Depois de um tempo, Jamal enfim mergulhou. Ao chegar à gruta, não tinha uma expressão reconfortante. "Uma das servas de Christa está lá em cima, falou que nos levará até ela. Você vai ter que abrir o baú, e Brianna vai ser solta."

"Então vamos."

Jamal o parou, colocando o braço na sua frente. "Eu não sei o que vai acontecer quando este baú for aberto, mas, seja lá o que for, não vai ser nada bom. Eu não vou ter nada em minhas mãos, então a troca vai depender de você. Não abra o baú enquanto ela não tirar Brianna da esfera. Se o que tiver aí dentro é o que eu penso, ela não vai complicar para conseguir."

"E depois que ela soltar Brianna não preciso abrir o baú. Podemos fugir!"

"Não vamos conseguir fugir. Você vai ter que abrir."

"Podemos lutar."

"Eu não quero desmerecer sua capacidade como combatente, mas seremos dois e meio contra uma cidade inteira."

"Dois e meio?"

"Brianna não vai sair da esfera na sua melhor forma. Vamos acabar logo isso. Assim que você abrir o baú, nós corremos para o *pub*, pegamos o carro e vamos para bem longe. É a melhor coisa."

Carlos concordou com a cabeça, mesmo que, no fundo, não tivesse vontade de fugir. Havia algo na palavra "fugir" que o incomodava.

Eles subiram à superfície e desta vez Carlos não ficou surpreso ao ver sua secretária no barco. "Há quanto tempo, chefinho."

Carlos quis esganá-la com as mãos. Subiram no barco e partiram.

CAPÍTULO 15

Durante o caminho para a casa de Christa, ninguém falou uma palavra. A secretária de Carlos conduziu o barco até um túnel. Uma vez do lado de fora, encontraram-se no rio do bosque. Eles saíram do barco e foram andando até a estrada, onde um carro os esperava. Estava de noite, o que fez Carlos ter a impressão de que só algumas horas tinham se passado desde que ele se enfiou naquele buraco da torre. O motorista do carro era Samuel, e Carlos se lembrou da conversa que os dois tiveram; desta vez, pareceu que aquilo tinha acontecido havia meses.

Ao chegarem à casa de Christa, Carlos teve uma surpresa. Esperava que toda a cidade estivesse ali reunida. Mas não, não havia ninguém. Era como qualquer outra noite. As ruas vazias e as casas em silêncio. Christa os esperava com a porta aberta. Ao olhar para ela, Carlos se lembrou de que estava carregando sua alma entre as mãos, e um frio lhe subiu pela espinha. Suas pernas queriam correr, mas ele queria socorrer Brianna.

Christa tinha um sorriso sinistro, e Carlos a odiou ainda mais por isso. "Eu sabia que você ia conseguir! Com um pouco de ajuda, é claro.", ela disse, enquanto ia em sua direção com os braços abertos como quem deseja dar um abraço. Carlos deu um passo para trás, mas ela não se importou, colocou as mãos nos seus ombros e olhou para o baú. Seu olhar era ávido, deixando óbvio que era o que ela mais queria. "Venha, coloque-o ali e abra-o!" , ela apontou para a mesa de centro que ficava no meio da sala.

Carlos não se mexeu. "Eu não vou abrir nada enquanto Brianna estiver presa." Foi preciso menos coragem do que ele tinha imaginado. Talvez porque se deu conta de que ela realmente precisava dele.

"Ah! Mas é claro! Tinha me esquecido. Esperei tanto por esse momento. Eu nunca quebro um trato. Você está com ela?"

Carlos pousou o baú com cuidado em cima da mesa e pegou a esfera. Mas não a entregou, parecia fácil demais. "Vamos, me dê a esfera e acabamos logo com isso."

Vendo a relutância dele, ela continuou. "Eu não tenho nada contra a sua amiga. Embora ela devesse cuidar da própria vida, a sua impertinência acabou sendo útil no final das contas."

Carlos olhou para Jamal, que acenou positivamente com a cabeça. Quando Christa pegou a esfera, viu que as mãos de Carlos tremiam. Lançou-lhe um olhar furtivo. "Será que você iria se preocupar tanto se soubesse o que ela é?"

"Não me interessa."

Ela fechou os olhos e passou as mãos na esfera. A mesma luz verde emanou com todo o seu brilho e, quando abriu os olhos, Brianna estava caída no chão.

Brianna não se mexia. Tinha o olhar disperso. Jamal se ajoelhou ao seu lado e deu tapas em seu rosto. Christa, no entanto, não estava interessada naquilo, virou para Carlos, que, atônito, assistia à cena. "Vamos voltar para o que interessa. Abra o baú!"

"Ainda não..."

"Não teste minha paciência. Eu a tirei lá de dentro, posso muito bem colocá-la de volta."

"Não! Só quero que você me responda uma coisa."

"Fale.", disse ela, com um tom aborrecido.

"Por que eu?"

Christa lhe sorriu, mas ficou em silêncio. Andou de um lado para o outro, como quem aproveita o momento.

"Eu vou responder tudo o que você quiser depois que o baú for aberto."

Carlos já esperava por isso, mas teve que arriscar. "Eu já tentei abrir, não sei como se faz."

"Não seja ingênuo. O baú se abre do mesmo modo que todas as portas se abriram para que você chegasse até ele."

Empurrando o besouro.

"Vamos!", disse Christa batendo as mãos, como quem condiciona um cachorro a obedecer a uma ordem.

Carlos olhou mais uma vez para Brianna e Jamal. Ela já se mexia, mas ainda tinha o olhar confuso. Mais uma vez Jamal deu sua aprovação. O detetive se sentou no sofá e pegou o baú com cuidado. Pensou que talvez pudesse quebrá-lo, mas aquilo logo lhe pareceu uma idiotice. Não tinha nada que pudesse inventar, pousou a mão sobre o besouro. Christa tinha os olhos famintos. Foi então que ele pensou. *O que será que acontece se ela tocar no baú?* Parecia loucura, mas talvez fosse uma saída. Ela não iria matá-lo, isso já tinha ficado claro, mas ainda podia fazer mal a Brianna. "Eu quero uma coisa antes.", ele falou, afastando a mão do besouro. Christa deu um berro de raiva, e Jamal o olhou, abismado.

"Estou farta disso! Tentei ser boa com você..."

"Eu só quero uma coisa! Juro! Vou abrir o baú logo após." Carlos conseguiu gritar mais alto do que ela. Levantou-se do sofá, ainda com o baú entre as mãos. "Deixe Jamal levar Brianna para casa."

Christa soltou uma gargalhada, mas Carlos não se deixou influenciar. "Você acha que, se ela estiver longe, ela estará segura?"

"Não. Só acho que ela não parece nada bem e seria melhor se ele fosse cuidar dela."

Christa rosnou como um animal raivoso. "Saia logo daqui!", ela falou para Jamal. Ele se levantou, com Brianna nos braços. Lançou um último olhar para Carlos, tentando compreender algo, mas não conseguiu. Carlos esperou que a porta se fechasse atrás de Jamal e lançou o baú contra Christa.

CAPÍTULO 16

Tudo aconteceu ao mesmo tempo: Christa caiu no chão com o baú entre as mãos e berrando de dor; Susan e Samuel dispararam ao seu socorro; Carlos se esquivou para a porta e saiu correndo o mais rápido que podia. Não acreditava que aquilo tinha funcionado. Já estava virando a rua, quando sentiu uma ardência nas costas e o sangue escorrendo. Quando se virou, viu Susan com uma espada de esgrima nas mãos. "Você não vai a lugar algum. Volte e faça o que tem que fazer."

"Ou?"

"Olhe para trás."

Carlos viu todas as pessoas daquela cidade. No meio deles estavam Jamal e Brianna, cada um sendo ameaçado com uma faca no pescoço. *Droga! Não tiveram tempo suficiente.* Ele mal tinha acabado de formar o pensamento quando Christa apareceu. Suas mãos, rosto e pescoço estavam em carne viva, e ela estava furiosa. Um jato líquido saiu das suas mãos e, ao bater no rosto de Carlos, ele sentiu queimar como se alguém estivesse encostando uma brasa na sua pele. Ele caiu, se contorcendo. Christa foi até ele e pisou no seu rosto. "Eu fui muito generosa com você. Agora você vai aprender o seu lugar. Susan, mostre para ele o que acontece quando se abusa da sorte."

Carlos sentiu o caminhar da sua secretária. O gosto do asfalto estava na sua boca e, com o canto do olho, deu-se conta de que o céu estava ficando azul. O sol ia nascer. Ele estava para ser torturado, mas só conseguiu pensar que o dia estava nascendo. Para a sua surpresa, Susan passou reto por ele. Christa tirou o pé da sua cara e ergueu seu rosto puxando-o pelo cabelo.

Susan parou na frente de Jamal e Brianna. "Por qual dos dois eu devo começar?" Ela aproximou a ponta da espada do pescoço de Brianna e começou a escrever um "A" na sua pele.

"Eu abro o baú!", gritou Carlos.

"Nós já passamos dessa fase. Você vai abrir o baú, disso eu nunca tive dúvida. Mas primeiro vai se arrepender de ter me afrontado."

Susan estava terminando de cravar a letra no pescoço de Brianna, quando uma faca se enterrou no seu pulso. A espada caiu, e todos olharam em torno, buscando o responsável.

Eles distinguiram uma sombra correndo pelos telhados. Carlos não viu o seu rosto, mas reconheceu as roupas maltrapilhas. Era um dos frequentadores do *pub* de Brianna.

Christa urrou, chamando as outras garotas da casa e, em um minuto, Carlos viu mulheres voando por cima da sua cabeça e indo atrás do atirador da faca. Com o tumulto, Christa soltou o cabelo de Carlos; ele aproveitou o momento, virou-se e lhe deu um chute no estômago, jogando-a no chão. Brianna passou a perna em Susan, se desvinculou daqueles que a seguravam e foi para cima da mulher. Jamal distribuía murros e pontapés em qualquer um que surgia na sua frente. Carlos, porém, não queria brigar, pois sabia que a guinada de sorte não duraria muito tempo. Pegou Brianna pelo braço, gritou por Jamal e eles saíram correndo. Imediatamente estavam todos atrás deles.

"Vejo que você está melhor.", disse Carlos para Brianna

enquanto corriam. "O que vamos fazer?"

"Nem imagino! Onde está o baú?"

"Na casa dela." Nesse momento, viraram uma esquina e se depararam com cinco pessoas. Primeiro se assustaram, mas logo Brianna abriu um sorriso e foi encontrá-los. Eram os poucos frequentadores do seu *pub*. Só faltava um, que era aquele escapando pelos telhados. "Vocês têm um plano?", perguntou Brianna, esperançosa.

"Não. Você tem?"

Brianna soltou um suspiro de desespero, porém não tiveram tempo para mais conversa. O bando de Christa já surgia do outro lado da rua, e ela estava entre eles, assim como Susan. "Nós podemos fazer isso. Elas não são melhores do que nós, e os outros são só zumbis na sua mão, não possuem nenhuma força extraordinária."

"Zumbis?", disse Carlos, com os olhos arregalados.

"Não zumbis, zumbis! Eles... Ela os controla. Você deveria lutar com eles, deixe a corja conosco."

Carlos se sentiu um tanto ofendido com essa consideração. Entretanto teve que aceitar que talvez fosse melhor assim.

"O rapaz tem alguma arma?", perguntou um dos homens.

"Não."

Ele lhe deu uma pistola antiga e, de improviso, todos estavam lutando. Carlos atirava nos moradores da cidade sem uma mira definida. Não queria matá-los, afinal eram pessoas. Mas não teve escolha, eram muitos, e ele precisava ser rápido. Estava indo bem, até que olhou para seus companheiros. O semblante de Brianna estava desfigurado, seus olhos pareciam pegar fogo, seus dentes eram como os de uma cobra e suas unhas estavam grandes como as garras de um falcão. Jamal também estava transformado, assemelhava-se cada vez mais a um lobo. O assombro fez com que Carlos se paralisasse por um momento e, nesse instante, os habitantes da cidade o pegaram. Arrancaram a arma da sua mão e, em menos de um segundo, mais de dez sujeitos o seguravam e o arrastavam para longe da batalha.

CAPÍTULO 17

Carlos foi levado de volta para a casa de Christa. Chegando lá, amarraram-no a uma cadeira. Tentou opor-se, mas eles eram muitos, e, mesmo quando conseguia acertá-los, não parecia que eles se incomodavam com a dor. Agiam como robôs. Christa não demorou a aparecer.

"Você já deve ter entendido que só eu posso parar o que está acontecendo lá fora. Seus amigos não vão resistir para sempre. Eles são fortes, mas cá entre nós, minhas meninas são melhores do que eles."

"O que... O que eles são?" Carlos não conseguia tirar a imagem do rosto de Brianna da sua mente. Sabia que eles não eram normais, mas aquilo que ele viu lá fora era hediondo.

"Ah! Eu avisei que você não sabia com quem estava lidando. Mas cansei de você. E pensar que sua mãe era uma valquíria extraordinária."

Carlos abriu a boca para falar algo, mas nada saiu, e não era porque Christa o impedia, era ele que estava sem palavras. "Por isso eu preciso de você. Só o filho de uma valquíria pode abrir o baú. Demorei tanto para encontrá-lo."

Carlos raciocinou. "Eu tenho que querer abrir o baú, não é? Se não fosse isso, você já teria controlado minha mente, como faz com os outros. Como fez comigo das outras vezes que estive aqui."

"Acredite em mim. Você vai querer abrir aquele baú. E se o perigo que os seus amigos estão correndo não for o suficiente, eu posso torturá-lo até você se decidir. E eu tenho todo o tempo do mundo para fazer isso."

Carlos, a princípio, não ficou com medo da intimidação. Pensou em Jamal e Brianna e também nos outros. Talvez eles não fossem pessoas como ele. Pareciam monstros, mas o ajudaram e se arriscaram por ele. "Como eu posso ter certeza de que você não vai matar a todos uma vez que tiver o que quer?"

"Querido, nós já passamos por isso. Você já devia ter aprendido que essa palavra não significa nada. Somente os tolos têm certeza de alguma coisa. E como eu já disse, não preciso lhe prometer nada. Você escolheu fazer isso da forma mais difícil, eu não queria que fosse assim."

Não era bem a resposta que Carlos esperava. Olhou para o baú caído no chão, mas não teve tempo para pensar em nada. A ponta de uma faca parou a milímetros do seu olho esquerdo.

"Eu disse que estava cansada. Agora, abra o baú ou o seu olho é a primeira coisa que você vai perder."

Carlos engoliu em seco. Sentiu-se um covarde, mas não estava disposto a perder um olho por algo que ele nem sabia se compreendia. "Eu abro.", ele sussurrou.

Christa mandou soltá-lo. O barulho da batalha do lado de fora o fez sentir vergonha dele mesmo. Viu o brilho da faca que antes apontava para o seu olho e, por um breve momento, pensou que podia enfiar a faca no seu peito. Com ele morto tudo aquilo não faria mais sentido. Mas o suicídio não estava nos seus genes. Andou até o baú, fechou os olhos e apertou o besouro.

CAPÍTULO 18

Carlos fechou os olhos com medo do que podia sair lá de dentro. Esperava uma explosão ou alguma aberração pulando na sua cara, mas nada disso aconteceu. A tampa do baú foi se levantando lentamente. Uma luz azul emanava de dentro e, quando a tampa estava totalmente aberta, uma borboleta saiu voando. Era bem maior do que uma borboleta comum. Tinha as asas pretas com desenhos azuis luminosos. Ela voou direto para Christa e pousou no seu peito. No mesmo momento a borboleta se mesclou com a pele de Christa, transformando-se na sombra de um desenho.

As pernas de Carlos queriam correr, mas sua curiosidade o prendeu à terra. Lá fora tudo ficou em paz. Era como se todos soubessem que não havia mais motivo para brigar. Christa tinha os olhos fechados e um sorriso tranquilo no rosto. De repente as janelas e portas se abriram. Um vendaval invadiu a casa, e tudo começou a voar. Christa não se moveu nenhum milímetro. Carlos caiu no chão, estava quase voando com o vento, mas conseguiu se segurar no corrimão da escada. Acima dele o teto já tinha sido levado. Foi então que ele percebeu que o vento não estava só levando a casa, estava levando toda a cidade. Ele viu destroços e pessoas "voando" e, sem se dar conta, desejou que Brianna e Jamal não estivessem entre elas. Sua mão estava suando, não sabia quanto mais ia conseguir segurar. Mal conseguia manter os olhos abertos por causa da poeira, mas notou que havia algo se formando dentro da casa. Fez força para manter os olhos abertos e viu uma escada. Ela começava nos pés de Christa e subia até as nuvens. Não parecia ser feita de nenhum material, só de nuvem e poeira. Christa abriu os olhos. Cavalos desceram a escada. Estes também davam a impressão de serem feitos de pó. Christa montou em um dos cavalos e soltou um berro agudo. Todas as suas meninas apareceram voando, montaram os outros cavalos e galoparam escada acima, desaparecendo entre as nuvens. O corrimão se soltou, e Carlos foi levantado pelo vento. Para a sua sorte, bateu em uma das paredes. A escada de poeira foi sumindo, o vento cessou e Carlos caiu com a cara no chão.

Não foi tão ruim quanto eu tinha imaginado. Pensou Carlos enquanto se levantava.

Ao sair da casa, viu que estava enganado. A cidade estava em ruínas, e havia corpos espalhados por todos os lados. Ele viu alguns sobreviventes se levantarem e ficou claro, pelas suas expressões, que não se lembravam do que estavam fazendo antes do vento começar. Carlos correu para o lugar da batalha.

Ao chegar ao local, Brianna estava ajoelhada, um homem estava deitado a sua frente. Aproximou-se devagar, parecia que o mundo tinha ficado em câmera lenta. Brianna tinha cortes por todos os lados. E dos seus olhos, ainda em brasas, escorriam lágrimas. Jamal apareceu com um corpo entre os braços. Carlos não teve dúvida, eram aqueles que os ajudaram. Carlos se abaixou, e Brianna levantou o olhar. Era estranho. Por mais que achasse que deveria, não sentia medo deles. Em volta as pessoas corriam e gritavam, mas ele queria ajudar aqueles dois, independente do que fossem. Não tinha muito para ser dito, Jamal se afastou com o corpo que carregava. "Era inevitável.", sussurrou Brianna.

Carlos sabia que isso não era verdade. Se ele tivesse enfiado a adaga no seu peito... "Ela vai voltar?"

"Com certeza. E não vai estar sozinha. Mas agora eu preciso enterrar meus amigos."

Brianna saiu andando atrás de Jamal.

Carlos colocou o homem que jazia na terra entre os braços e seguiu os dois.

CAPÍTULO 19

Carlos, Brianna e Jamal estavam em pé, imóveis, olhando para os túmulos que tinham acabado de cobrir. Eles foram para o *pub* em passos lentos e silenciosos. Quando chegaram viram somente uma parede em pé. Era a parede onde ficava a porta de entrada. O balcão também permanecia no mesmo lugar, e algumas cadeiras estavam espalhadas pelo chão. Jamal pegou um barril de cerveja caído. A maior parte da bebida tinha sido derrubada, mas ainda havia o suficiente para encher metade de três copos. Carlos levantou três cadeiras, e eles se sentaram em frente ao balcão. Ficaram em silêncio por um tempo, foi Brianna quem o quebrou. "Eu suponho que você nunca conheceu sua mãe."

"Não, ela... Eu achei que ela tinha morrido no parto. Agora não sei de mais nada. Você sabia que eu era filho de uma delas."

"Ela precisava de um como você. Não foi difícil juntar as peças."

Carlos ainda estava assimilando aquela informação. Não era possível ser filho de uma delas, igual a Christa.

"Não são todas como ela, se é isso que você está pensando."

"E agora? O que ela vai fazer?"

"Creio que o que ela queria ter feito quando foi banida. Tomar conta de Asgard e da terra."

Carlos tomou toda a cerveja que havia no seu copo em um só gole. "E vocês? O que..."

"Nós não temos nada a ver com ela. Quando ela veio para cá, meu pai já morava por aqui há muito tempo, e eles fizeram um acordo. Se ela ficasse longe dos seus clientes, ele não iria interferir no que ela quisesse fazer."

"E o seu pai... Seus clientes..."

"Nós somos o que você viu."

"Isso não explica muito."

"Meu pai era um demônio, minha mãe era humana, e nossos clientes são *diferentes*."

"Então eu sou como você?"

"Não. Você é filho de uma valquíria com um humano. Eu nunca conheci alguém como você. Mas tenho a impressão de que você é *normal*."

Carlos olhou para Jamal, queria perguntar se ele também era um demônio. Foi então que ele se deu conta. Estava frente a frente com um demônio e não sentia vontade de sair correndo ou começar a rezar o terço. Talvez fosse porque parecia irreal, mas tudo o que tinha acontecido era bem concreto, e ele tinha visto o rosto dela se transformar.

"Jamal é um lobisomem.", disse Brianna de uma só vez.

"Sem querer ofender, mas preciso perguntar. Por que me ajudaram? Quero dizer, vocês não deviam comer criancinhas?"

"O que seria do mundo se todos fizessem o que supostamente deveriam fazer? Assim como meu pai, eu e nossos clientes somos considerados monstros, mas não queremos fazer mal a ninguém. Só queremos viver em paz. Não são todos como nós, assim como nem todas as valquírias são como Christa. Nós te ajudamos porque Christa não é coisa boa, para ninguém, seja humano, monstro ou até mesmo um peixe."

"Quando ela vai voltar?"

"Provavelmente, primeiro ela vai fazer uma guerra lá em cima. Pode demorar dias, meses ou horas."

"E o que vamos fazer?"

"O que você quer dizer com *vamos*?", perguntou Jamal, abrindo a boca pela primeira vez.

"Eu achei que..."

"Você achou que nós iríamos formar a liga da justiça e guerrear com aquela maníaca? Não existe *nós*. Somos eu e Brianna, que agora não temos mais casa, trabalho ou amigos e vamos ter que nos arrumar em outro lugar."

Depois de mais minutos em silêncio, Carlos falou. "Bom, vocês podem vir comigo. Eu tenho uma casa e um trabalho. Podem morar comigo e trabalhar no meu escritório."

Nenhum dos dois esperava por aquela proposta. Eles se entreolharam. "E o que nós faríamos?", perguntou Brianna, receosa.

"Eu perdi minha secretária... Na verdade acho que nunca tive uma. E... eu gostaria de arrumar a bagunça que eu fiz abrindo aquela caixa. Enquanto eu tento fazer isso, vocês podem cuidar do escritório."

Jamal soltou uma gargalhada que pegou os outros dois de improviso. "Você acha que pode reparar isso sozinho? Que pode enfrentá-la junto com todas as suas guardiãs?"

"Eu preciso tentar. É culpa minha..."

"Ela iria fazer de tudo até conseguir, não importa o que você tentasse fazer para impedir. E não adianta ficar se lamentando"

"Jamal tem razão, você não tem chances contra ela."

Carlos se cansou daquela conversa, levantou-se, bateu as mãos na sua roupa tentando tirar um pouco do pó e disse. "A proposta está de pé. Se quiserem, serão bem-vindos. É só procurar no jornal por 'C.S. - Detetive Particular'. O endereço vai estar lá."

Jamal e Brianna o acompanharam com o olhar, enquanto ele desaparecia entre a poeira. Carlos tinha o pressentimento de que eles acabariam aparecendo. Afinal, desde que os conheceu, eles sempre surgiam em algum momento. Agora ele devia se concentrar na sua empreitada. E a primeira coisa a fazer era descobrir quem ele era realmente.

Continua...

SOBRE A AUTORA

Marina Sandoval, natural de São Paulo, é escritora e formada em Artes Cênicas com Pós-Graduação em Tradução. Viveu em Bolonha, na Itália, por três anos e aperfeiçoou-se em escrita criativa. Em 2010, lançou em Roma o seu primeiro livro intitulado "Capitolina", a história de duas fadas que se aventuram em um mundo de magia e fantasia. Em 2012 lançou o primeiro livro do C.S. – Detetive Particular. Em 2014 lançou "O 4º Mundo" pelo selo Vésper da Giz Editorial. Atualmente, está dando sequência no projeto da série C.S. e já está com o segundo volume do "O Quarto Mundo" em andamento para ser publicado em breve.

www.ingramcontent.com/pod-product-compliance
Lightning Source LLC
Chambersburg PA
CBHW020319150626
46552CB00022B/2987